現代歌人シリーズ 17

眠れる海

野口あや子

書肆侃侃房

眠れる海

写真・三品鐘
衣装・Lhiannan:Shee
装幀・藤本康一

きみのコートのファーがもうすぐ触れなくなってやたらとのどが渇いて

切手

父親の筋荒き文字ながめつつ片手で奪うワックスの黄は
従順や誠実や奔放などに住所はあって切手で送る

ベーコンをフライパンからおろすときかなしいまでの豊かさのなか
電子レンジでトーストができないことがきらめきながらくるくるまわる
愛しては子供をつくることに触れボトルシップのようなくびすじ

目の縁にあたたかな水溜めながら老いゆくものに母を思えり

うすずみのむらさきのなか握る手はだれの空間をころしただろう

もとめられないまま笑う夕光《ゆうかげ》のバスの時刻を三行なぞる

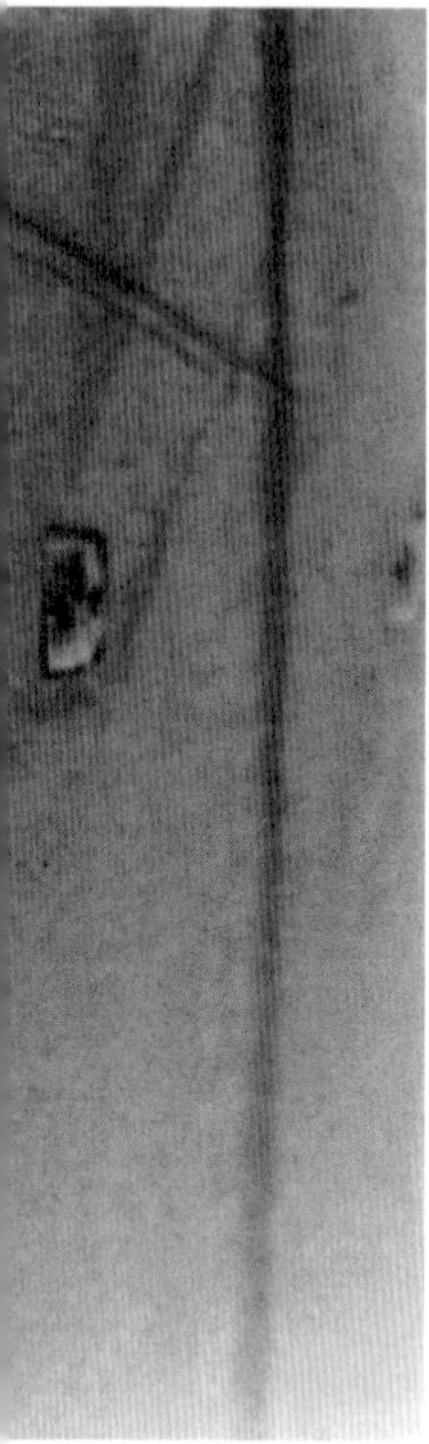

押し黙ればひとはしずかだ洗面器ふるき卵の色で乾けり

ガーベラの橙色のあかるさをやすく購いてかなしからざる

指先をあたためながらきみの硬貨を使いたがってしまうのだろう

風邪ひかないようにねいずれは死んでね　煙草の丸い断面燃やす

どのひとをうんでもよいようなまひる　あまつぶ窓に楕円にのこる

港の皺

祖母の一周忌

わびしさを女男のかたちに言い替えず滅びのさかりうつくしき母

叔父と従兄の鼻の並びを言いながら切れてはいけない真珠の紐よ

不器用なのは指のかたちのせいかしらなんにも言わずにワイパーを見る

たわむれに傘をかざせばふりかかるきらきら雨は不幸のほそさ

醜さはまだ引き受けず婚姻はさりとて避けず袖先黒し

きみと神戸へ。

打楽器をあさく抱きてうちならすうつくしければたれかかなしむ

ふと叩けば皮膚ふるわしていたりけりたやすく愛情は刈りあがる

おとこではあらぬおとこのうるわしき観音開きの骨を食みたり

銀食器に指紋はありてよろこびが水菜のごとく尖りゆきたり

ええ、ええ、と裾ほそめたるその指でブロンズ像の睫毛を探す

産むだけなら産んでみたきよ団栗の帽子を掌であたためる

選ばなかった授乳のにごりしっとりとおまえに湿る下着を拾う

溺れさせることのかなしき四肢しずかにきみの記憶に濡れるのだろう

濡れながらさりとて冷えぬかたちしてあるのだろうよ港の皺は

そして、四月

くびすじにわずかくいこみ離れゆく指、身じろぎをせずとも離る

大変だろうとは思うよと真向かえば父も父親まがいも溶けて

顆粒調味料を匙ですくいつつ知らぬかわゆさしらぬままいよ

ざらざらとする鍋の肌削ぐごとく洗えばさむききみを帰しぬ

銃身

男性が踏んだ煙草をまた踏んできみの部屋まで春をたのしむ

さげすみて煮透かしている内臓の愛と呼びやすき部分に触れよ

わたしが持てばどんなあなたも銃身であるから脚をからませて抱く

去勢されたせいねんとして抱かれる夏に貰った指輪をつけて

携帯をつかんでジーンズに入れてどこからだって来れる男だ

うすき愛われに被《かず》かせ去り際に笑うおとこのほとほと多し

うろくず

うしなったものも得たものもなく午前十時の地下鉄にいる

必要なとき渡されるボールペンたわやすければ丁寧に書く

ナイロンの鞄のかたちを崩しては地下二階にてきみを待ちおり

爪先を浮かせて座ればだれからも見放されたるだれかが浮かぶ

静脈を集めるたびに深くなる耳鳴り　つまらないことを話して

嫌いだというのは青き魚《うろくず》、あなたがきらいとはいわなんだ

カーペットに硝子の気配、丁寧にできないことを短所と書いて

薄色のシャツを濡らして乳輪をすかしていても　あなたの子なら

ならばわたしも　おなじ素材に寝転んで野心のほどを競いあっても

感情を恥ずかしむため眉引けばあらき部分に墨はのりたり

修羅などと言ってたやすく抱くなよ銀紙を掌《て》で抱き終えしのち

失速はしないしきみもゆるさない　前のボタンははずして言えよ

ひややかに刃にひらかれて梨の実は梨の皮へとそらされていく

仰ぎみる睫毛のやわき霧雨のいまのみ声をかけないでおく

恋い終わることを知らずにこのおとこの傾きやすき肩甲骨か

かなしきは秋のTシャツもりあがる肩透かしつつ触れやすくする

剃刀を鏡にうつしゆまりするいきのこるとはゆるい甘さだ

戸籍からはみださぬまま母からのメールを読み飛ばし、確認す

排泄と沐浴がおなじ部屋にある一年ばかりの鍵をかえしぬ

カステラが人気の街でカステラを食べず引っ越す　子供も産まぬ

気遣いと舌遣いほどの差をもちて扱い分けたるひと、手をとりぬ

秋すなわちかげろうでありきみの姓を聞いてふりむくまでの眩しさ

万国旗の裾ひっぱれば落ちてくる地獄のようで見ていた、いつも

二

ターミナル

凍えつつ踏まれたる鉄片ありてそういうもののなかにきみ住む

くせのある毛髪にワックス伸ばしあなたはみんなあかのたにんだ

あしのつけねのねじをまわしてくろきくろきポールハンガーたたむひととき

ふるえつつ鼻水ふとる　駅前のバスターミナルのかたちのように

シロップに撓むレモンよこんりんざいよけいなことしたくない

掛け布団ななめにおれて起き上がる　愛を込めないってどうやるの

きんか銀貨

幼年が引き返してくる相聞よ　うすい花柄の手提げが欲しい

きんか銀貨なんぜんかいとつまみつつ死から逃れていく一生かな

鼠色のダッフルコートああいった感じの人と夢で歩いた

地下街に風はあふれて知ってるよ、という前髪を煽らせており

譲られて断りきれぬ黒革のバッグのように性を引き摺る

会いたればわたしの肌に触れたがるきみの小さき鎖骨をなぞる

女より産まれ女をやしなう無防備なひと、　春雨の滲みる肩先

換気扇みたいにまわっているいびき目をとじているあなた見てない

逆剝けが剝がれちゃったとみせるとき桃のくぼみに触れた顔して

ええ、ええ、と微笑んでいるはるのひるかんきつるいでビニール重し

バスタブに湯を張りながら憎しみが水中花のようにひらくのをみる

post card

恐れ入りますが、切手をお貼りください

810-0041

福岡市中央区大名2-8-18
天神パークビル501

書肆侃侃房 行

フリガナ
お名前　　　　　　　　　　　　男・女　年齢　　　歳

ご住所　〒

TEL(　　　)　　　　　　　ご職業

e-mail：

※新刊・イベント情報などお届けすることがあります。　不要な場合は、チェックをお願いします→□
著者や翻訳者に連絡先をお伝えすることがあります。　不可の場合は、チェックをお願いします→□

□注文申込書　このはがきでご注文いただいた方は、**送料をサービス**させていただきます。
※本の代金のお支払いは、本の到着後１週間以内にお願いします。

本のタイトル	冊
本のタイトル	冊
本のタイトル	冊

愛読者カード

□本書のタイトル

□購入された書店

□本書をお知りになったきっかけ

□ご感想や著者へのメッセージなどご自由にお書きください

※お客様の声をHPや広告などに匿名で掲載させていただくことがありますので、ご了承ください。

◀こちらから感想を送ることが可能です。

書肆侃侃房　http://www.kankanbou.com　info@kankanbou.com

大きなアルミラックの上に小さなアルミラック乗せて人生、なんてわたしたち

住人に風邪をうつされないようにマスクして駅前で待ってる

朱鷺

このつばさで煽ればたわむ空間のすずしさをもて恋うことを言う

飛び降りるひとをなめらかに悼みつつ「まして子供も残さずに」など

飛ぶことと壊れることは近しくてノブを五つあけて出ていく

親族は朱鷺のごとくに痩せていきときになにをしてもかまわない

つがいなるふたりでつばさひろげてもそらはいつでも前提をいう

てはなびが燃える速度でおちてくる精子も軌跡でしょうか、あなた

あばらぼね縦に裂いたら溢れだす羽毛のようにさびしかったか

反るほどにつばさひろげる像ありて頭部はいつもこわされたまま

ああきみは首尾よく日々を組み立てて羽毛布団のなかにしずめり

花鋏

アネモネアネモネ顔を上げたらその口にアネモネを活けているような愛

ゆれながらランプシェードは吊るされてそのまま年をとってゆきたり

鳩から鳩がちらばる昼の公園のように心はいそがしがって

ゆず腐らせて氷砂糖は溶ける　愛しいという暴力のごと

なにがしたいの　でもそれだってお花見をするひとときは惜しみない生

ろあろあと深夜のエンジンこの部屋に聞こえいてねむるまえのろあろあ

割引券あつめてここから逃げたいと気持ちあつめて蛇口をひねる

ふるえつつこぼれているのは何だろうビニール紐が腕に重たい

わたしたちお皿を抱いてたった一度死んだらずっと死者なのだった

公正さを合い言葉のように口にしてそうめんを茹でてばかりの父だ

晩夏光ゆらめきやまぬわが影に全責任の輪郭はあり

ねえ　ちょっと　そこのをとって　その奥の私の残忍さをずらさせて

もう二度としませんという顔をして何度も鏡に立てるたのしさ

はなむけに言葉放てば無邪気なる顔をしてどこまでも落ちていく

地下鉄の3番出口にほとほとと鴉、あゆみて飛びおりることなし

まちがったあなただとしてわたくしがここにいていい理由などには

文庫本棚に眼鏡をひからせてきみにある青い青い花鋏

きりんとよべばきみがきりんとなる夏にきりんフォークを舐めていたりき

感情に血脈あれば朝ごとにうすくぼかして眉を描きたす

押せばへこむあなたの肌を透かせつつワイシャツの白まぶしかりけり

この爪は死んでいるのと祖母《おおはは》が見せてくれたるごとき夜なり

音速でなみだは補充されていく　夏、そのくぐりぬけてきたもの

ひかりひとつぶ電信柱にぶつかりてひかりであればしかたあるまい

とかげ

ほそながい切符さしだすきみの手に菌糸のようなあかるさをみる

とかげ吐くように吐く歯磨き粉の泡の木曜日がみるまに繰り上がる

善悪を剝がして小銭うけとればにわか雨のごと下睫毛ふる

そこにある　そのことに目を閉じる夜　きみは洗濯物を着ている

（スコッティがもうなかったと）十月のシーツまくりあげては咳《しわぶき》

血脈を漱ぎつつ会う。プラスチック・ボトルにうすい麦茶を入れて

くたくたのセーターのまま、昼間まで眠っていたと、三月は来る

三

だえきけつえきふんにょうまじりてわたしたち夜の川なりまだここにいる

夜の底

さるびあといいさるびあとききかえし六分間のパスタを茹でる

教えられない番号だからきみの前でゆるめてとじる切り傷がある

白紙なるルーズリーフをまるめつついもうとのこいびとがうつくしい

真夜中の汚れた皿をすすぐとき散り散りになる水は光って

ＬＥＤ　ＤＶＤ、ＳＩＭ　しずかなるきみに端末をあてている

玄関でショートブーツを脱ぐまでのふりかえったら奈落に落ちる

したたかさを魚の腹のように見せてかえりたい鍵はここにあるから

あまぐもよ　傘ももたずに受け止めてあげるすべての悪意でおいで

その髪をさわればふいに指じゅうが手紙まみれになっていくのだ

あ・ま・だ・れとくちびるあければこぼれゆく　赤い、こまかい、ビーズ、らんちゅう

後ろから撃たれて死んだ兄がいるごとくあなたに付き従えり

相聞という刺青に唇《くち》をあてふたつに分かれる川あじわえり

うなじから裂けばゆっくりあふれ出る都ありけり、戦場である

ぬいぐるみを腰の裏側に押しあてきみに抱かれて逃げてきたこと

空砲を鳴らしつづけて女男という気泡ゆっくりひとつぶにする

夜の底、攪拌されてあわあわと垂らすしずくのオパールいろよ

大丈夫だいじょうぶなどと子を抱いて隣人を殺しに行くような日々

うすい翳りを帯びるシーツのやわらかき毛羽立ちのごとき精神だった

うけいれるがわの性器に朝焼けが刺さってなにが痛みだろうか

糸屑を指から指にうつしつつ　いっしょう好きよ／死ぬまで嫌い

蝶

黒揚羽、 赤揚羽青揚羽。 はたはたとあなたの前に肘をひらいて

細巻き煙草を息ふかく吸う（ぼくあのひと苦手なんだよ）捻じ伏せて消す

スペルミスは黒くかすれて　眉山をもちあげながらたどりていたり

蒐集癖の目をしたひととシーツをくぐる頬骨で血がうすくあわだつ

捥いでも捥いでも手が生える夢　いつまでもあなたの腕が押し寄せてくる

ミソジニーとめどなきひとわれを抱きしばらくわれをわすれておりぬ

蝶・背広・フィルムあふれる一室にあなたはとわに夢精をいわず

四

でもどこもきつくしまってほどけないたちあがる火のようだったこと

末生のむすめ

父の骨母の血絶つごと婚なして窓辺にかおる吸いさしたばこ

芹吐けり冬瓜吐けりわたくしのむすめになりたきものみな白し

ずがいこつおもたいひるに内耳《うちみみ》に窓にゆきふるさらさらと鳴る

喃語まじえてきみと暮らせばながらえて干すたび濡れる縞シャツの縞

ブラジル産鶏肉ゆびにやわらかくきみの舌ほど削ぎ落したり

きみの吐いたけむりをうすく吸うときの父親の死後のごときすずしさ

むすめはむすめは（過呼吸、呼吸）ときおり父に会いたがり気つけぐすりの青をこのんで

わたくしのむすめにするごと性欲をたわめて触れる睫毛長かり

ゆきふるかふらぬか　われはくずおれたむすめを内腿に垂らしておりぬ

水の耳穴

なんてきれい　蓮《はちす》　半身を横たえるときは髪からたわみはじめて

うすあかきまなじり、　きみは鱈を食べ芹を食べまだ夢を見ている

きみの目がわたしの屋上　うすあかりしてくもりたる日向を見せて

頬杖をついてどこまでも沈む頬のやわさのごとき生活

眠くてもあかるく向かいあう席にむかし殺めた少女のことを

水差しをしたしたあらうひるすぎに虹色の虎がリビングにいる

花の話きくばかりなるおやゆびを吸えばわずかに油の味す

カットガラスてのひらにのせちりちりとここもわたしの来世だろうか

バスタブに水の耳穴のぞくように指入れるさびしいふれる冷たさ

きみのにおいバターのにおい石鹼のにおいにまみれてこどもは、という

シャツ、嫉妬、ひるがえって蝶、シャツを干すかなた豚の目みたいに過去は

眠るあなたを眠らぬ私がみていたり　糊を薄めたように匂って

白いシャツにきれいな喉を見せている　少し刺したらすごくあふれる

母よそれでも怒りは怒りでほかなきに石を濡らして小用をせり

とおくとおく　エンジン音と耳鳴りが　粘膜の切れ端みたいな空だ

暗闇を水のごと流れ出すのだよ怒りは　テレビからすなあらし、熱くて

銀の硬貨でむらさきの水購えり生殖ののちは逃げるのだろう

雨脚は交差しながらベランダに名前の書かれた如雨露もぬれて

髪

瀑布のごとく扇のごとくしめあげてきみに差し出す髪はからくり

むらさきのワックスねじりまきあげてあなたの龍のうろこのごとく

前髪にさしいれる櫛　情念できりむすぶときもっとかなしい
結いかえて吉祥寺から高田馬場まで会いにゆきたり蛇ゆくごとく
ひとふさを　卑屈な眼差しのまちなかでわたし情人だから

結い目からたたき切るこの恍惚のあなたをただの神にすること

野沢菜にひとすじの酸　オフィーリアのつめたき頬に紅を刷きたり

心中をしそこねたあしたのなかにわれの髪のみ濡れていること

卓上

卓上にふでのすさびはゆれながらおおきく浮いておちていくまで

脳までがすけるようなる真夏日のグラスはひかりを散らかしている

浴槽に落ちる石鹸ゆっくりと水にゆれつつ水に香れり

背筋から腰のくぼみにおちるとき伏し目がちなるたゆたいがくる

名を呼べば睫毛の先より身をひねり光沢を刷くごとくほほえむ

溜まりたる栓を抜いたらぞろぞろとざまあみろってわたくしにいう

水流を巻きあげるままひびかせて寝息は父親殺しのひびき

きみのまぶたをはがせばあふれる涙、みず、精子のようにこぼれるだろう

この額に銃をあてよというごとくしろくなめらかにまどろみている

つよく抱けば兵士のような顔をするあなたのシャツのうすいグリーン

さみどりののどあめがのどにすきとおりつつことときれるよるの冷たさ

ひとがひとの煙草を借りてほつほつとこころがはだかに近づくまでを

きみのうなじはほしのようほたるのように灯って夕の客体となる

あたためたミルクの膜のひだ寄せて厭世は濡れながらよりきたり

目の奥の火を見せぬよう歯車のごとくゆるやかにすれちがいたり

自転車がかぜに倒れて瞳孔を縮ませながらそれを待ちおり

母からは母しか語れぬおもいでのまなつびの　あなたはのぼりゆく酸

巻貝を耳に当てつつやさしさでとうていできないことをあなたと
川のごとく眠れるきみにからだごとすべっておちるごとく眠りぬ

エレクトラ

・・・エレクトラ　硝子で硝子割るごときはげしき秋の夜の雨を聞く

ざりざりと鍵をまわしてわたくしに夜の空気をはこびたるひと

茶葉ふわり浮いてかさなるはかなさで夫と呼んで妻と呼ばれる

血脈をせき止めるごとくちづけてただよう薄荷煙草の味は

跳び上がるまえに一瞬怯えたる鹿の目をしてわたくしに告ぐ

矢継ぎ早に母を褒めたらそれきりであなたはまたライターを失くした

真葛這うくきのしなりのるいるいと母から母を剝ぐ恍惚は

ははごろしむすめごろしとつらなりてつらぬきてきみのうえにかぶさる

桔梗一輪しなびていたり　手に取ればおんなどうしはわからぬという

くちべにをぬるときのうわめづかいして三面鏡に母を閉じ込む

みちみちる水母でみちる海底よ服は着たまましずんでおゆき

ゆうやみ

娶られてみるまにくずれていくまでのこころ姿見はするどく嬲る

ねむりたるきみののどへと刃をむけるあそびのように追い詰められて

あらしあらしあなたは破綻しているよ木々は縮んでかげにそよげり

母よ花野よどうにかせねばならないと豆を選るてのひらが卑屈だ

ひらかれてくだもののからだ味わえばおなじくいたむ嵐の中で

くりかえし雨を分け合う街にいて貞淑というぺらぺらの紙

いちにんとの暮らしを語るせつなさに曼荼羅のごとひとはめぐりぬ

あなたは鹿、あなたは龍と胸郭にけものの名もてひとはすみつく

うけとりし扇の骨の二、三本ひらきてとじてここはゆうやみ

梨嚙めばあふれるしずく涼しくて非童貞など癒えてしまえよ

世界からわたしへ雪崩れるたおやかなおとこの肩甲骨を撫でたり

人形のごとかろがろと吊り上げて撃ち落とすまでの人生を見よ

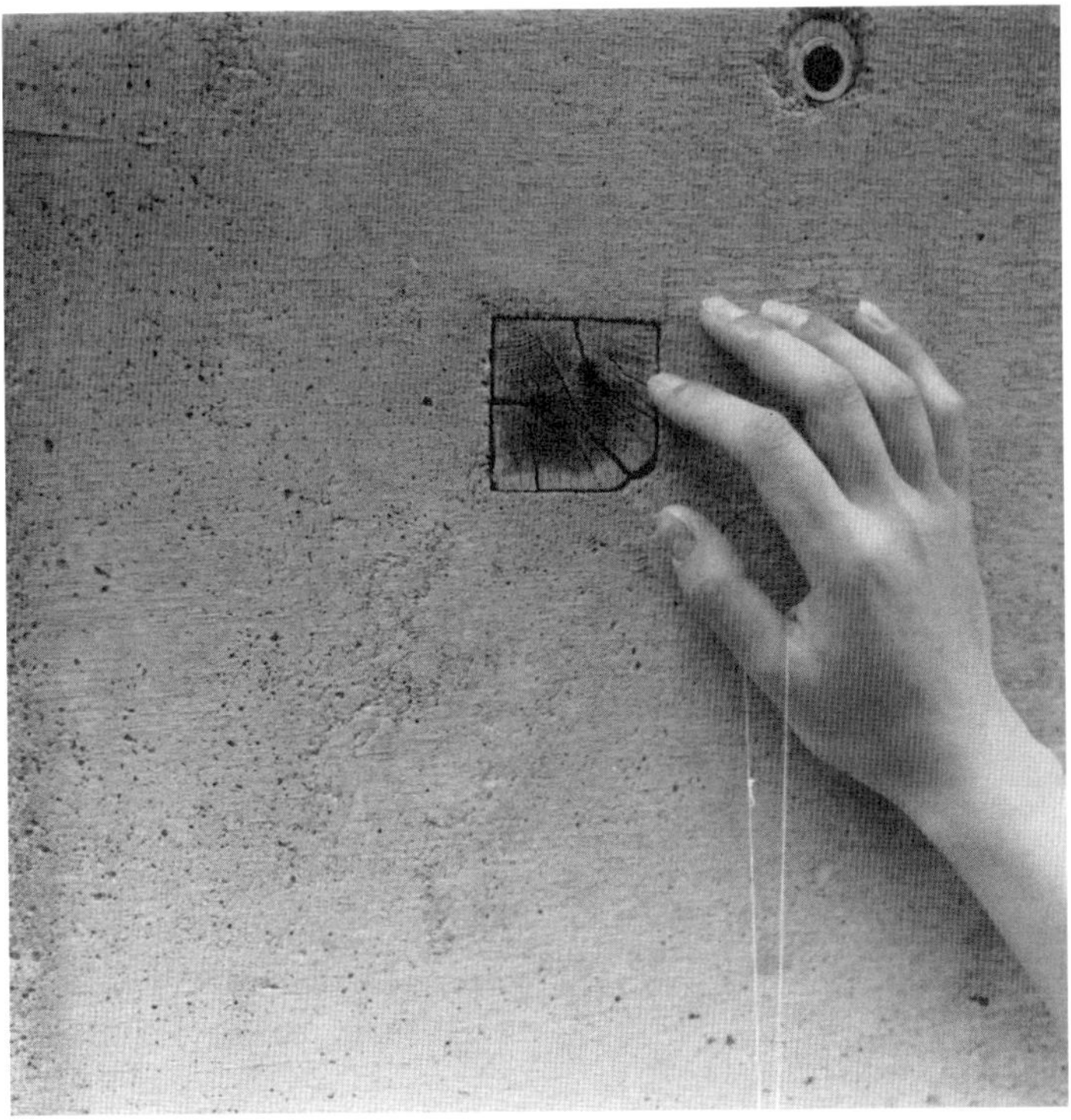

階段

暖冬のひびきやさしくマフラーとくびのあわいに花はうずいて

見つめられきみもわたしも老いゆくに頰にかなしみはひとしずくほど

小瓶の先に親指を置きさびしさのゆらぎのはての安寧をいう

均されてにじんでしまうひとりだろう夕暮れにほそい煙草灯して

煙草貸してくださいというまなぶたの照りのしずかな春を過ごして

瓶にほのかな花を挿してはふれるごとあのひとという語彙をつかえり

指先に転写するまでくりかえしなでたりきみの目の奥のきず

きみにわずかにかさなりながらヘッドライトにひかるレンズのほそいまたたき

いつだって死に近づいていけるのというばかりなるてのひらを挙ぐ

粘液に血液まじりあたらしき黒いウールを香らせており

子はまだかとかくもしらしらたずね来る男ともだちの目に迷いなく

はっか　ということばさびしい　おもえぬままじわるようなくちびるをして

抱ききってその奥のこと　らせんらせん　林檎の皮にうつれる蜜の

東洋

東洋のようなほのかな灯をかかげわたしをそこへ呼べば行こうが
絹ふるるごときき霧雨、いいえ髪　顔を包んだままでわらって

夜を歩けば向こう見ずなるきみがいてくりかえしつく悪態の華

貫きてつらなりて咲く花の野のそこをいつまでも見つめてしまう

冬、きみに手向けた旗は火のなかに風にめくれるままに滅んで

枝から枝へたぐるしぐさで生き延びてきみのてのひらを鳥と間違う

婚姻よ　氷を水に落とすときからくり芝居のように光って

ほたる　でもあなたはうそがまじるのをかならずここへとめてうながす

蓮華座がくずれるようにくるしくて浅き眠りにきみもいること

奔馬のよるの・水道のさびしきうねり・水の奥には過去があること

地下道をあがるひかりにひるがえり木々はなめらかにそりかえりたり

路地裏のくらい側溝に水あふれすきとおるまでの感情をいう

すいれんが水に腐って匂うのを　蒸し暑い午後のそこへ　だけれど

水のおもてふと裏返り　君の知らぬわたしの顔のくずれゆくまで

視線からあとずさりして跳ねる夜の　きれい　皿のようにひろがる

がらすがみずにとけあうようにどうしてもここまでという指を寄せ合う

ずらしてはまた鳴る葉擦れの音をさせ風にめくれるように老いゆく

かなしいのだから男雛の襟元にわたしの指をいざないながら

あなたもあなたも銃身を抱きゆうやみにわたしを墓のように見ている

名残　いえ、じょうずに解けなかっただけ　牡丹のように手から離れる

きみは眠りにきみを脱ぎつつすべらかな胸をゆるめて揺れているのだ

眺めても苦しいきみの横顔にうすくかさなるように別れて

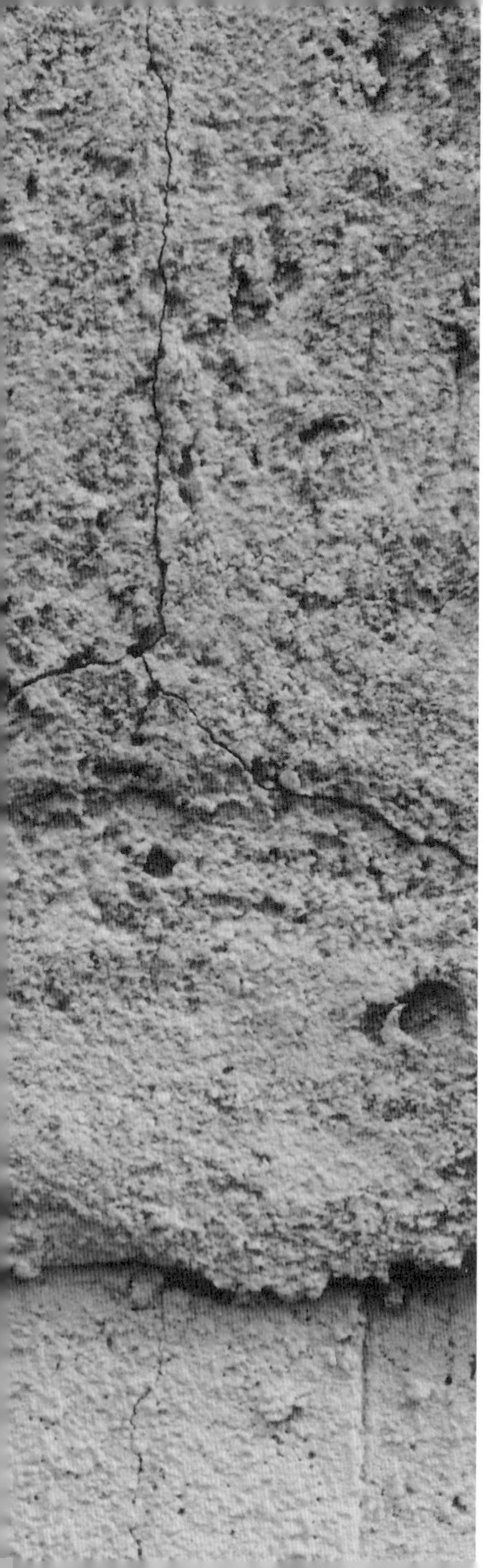

五 桔梗平にて

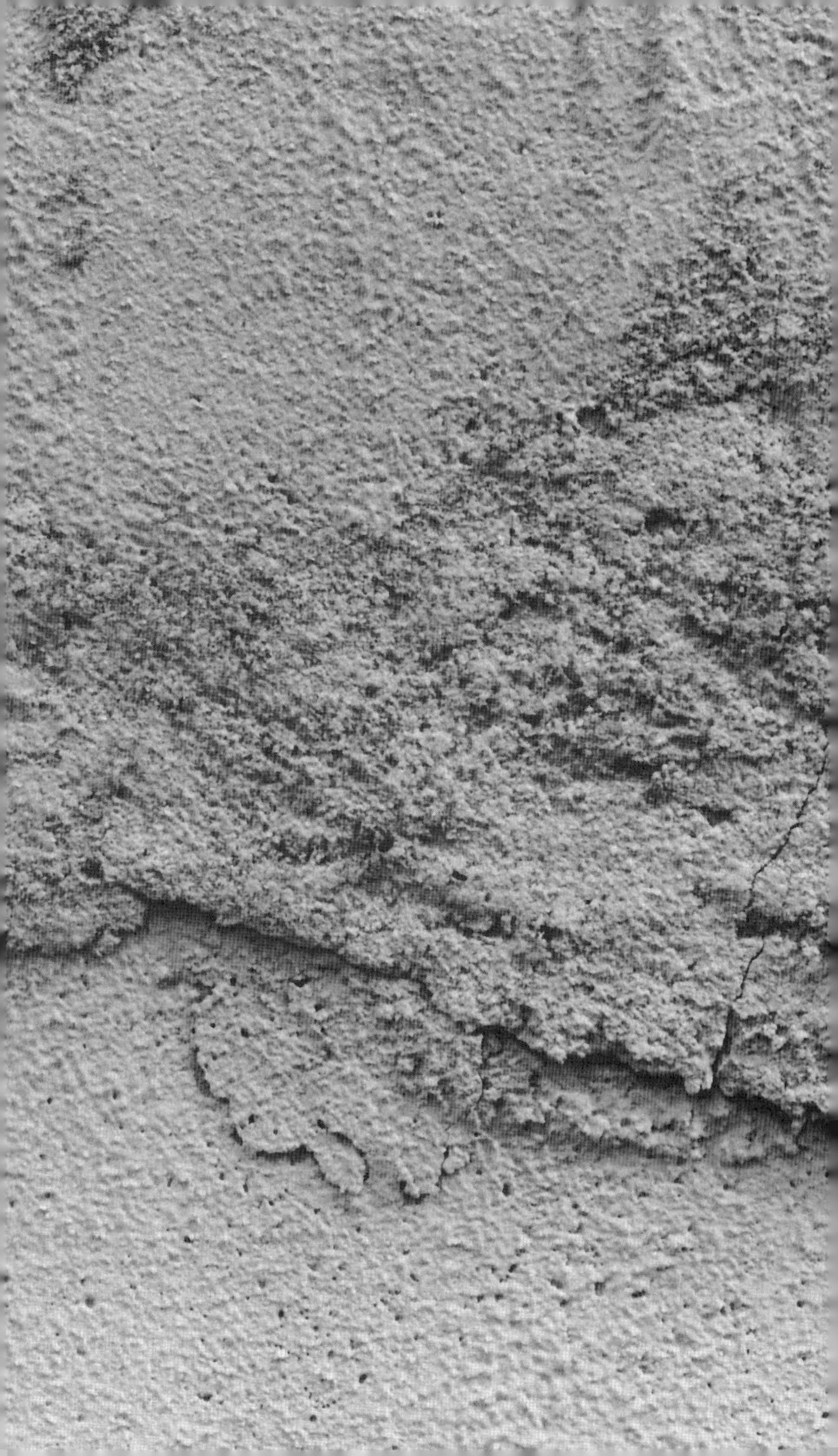

妹背

みどりいろのあめふるよるのねばるつち桔梗平のよるのしずけさ

ふたりして逃げる　丘まで　ふくらはぎ舌でたどって行き止まりまで

もえやすきからだに火の粉とぶまえに捨てたり　手紙、本、髪飾り

ひえびえとあなたは勝ち残りたがるのだ　湿った髪をゆるく編み込む

てのひらに硬貨とピアスにぎりしめ階下に買いに行く冷えた水

ひきよせてもひきよせてもとおいのはこころ、 あさい吸気のように朝靄

濃緑の上着であしたを駆けていくきみよからだに銃を隠して

あとがき

桔梗平の夜は海の中にいるようだ。彼が眠りにつき、パソコンを起動すると、しんとした空気にときおり遠く車が通り過ぎる音が聞こえる。そのエンジン音と、確かめる彼の寝息は穏やかで、これから書き始める私の潮の満ち引きのように感じられた。

本著には二〇一二年から二〇一七年までの作品を収録した。桔梗平に住まいを移してからは、作歌にくわえて朗読活動をはじめた。そうしてからだひとつで多くの現場にたちあうなかで、長く摂食障害に苦しんでいたはずのわたしは、いつしかわたしのからだと仲良くなりはじめた。たしかな声や呼吸を覚えることは、たしかに歌い、暮らすことにつながっているのだった。その過程を残していこうと、写真家の三品鐘とデザイナーの

Lhiannan:Sheeにその朗読現場の立ち会いをお願いした。
　知人を通して紹介された写真家の三品鐘は、みしなしょう、という響きの涼やかさとモノトーンの香りそのままに現れた。そして静謐に、しかし確実な深さを持ってわたしの前に佇みつづけてくれた。その深さは、彼の視線であり、彼の矜持のようでもあった。衣装合わせにあたっては、アクセサリーのほか人形の衣装や舞台衣装を手がけるLhiannan:Sheeのいでたちのひかえめさと、その奥の自信に満ちた黒い瞳を忘れられない。わたしはぜんぶわたしのものだ。そんな大胆で繊細な声を、衣装のレースや裾のさざめきから聞く思いがした。声にシャッター音と衣擦れがまざる、あたらしい呼吸がそこにあった。見られることも読まれることも決してからだ《ことば》を古びさせるものではなく、そのたびことば《からだ》はあたらしく産まれるのだ。そんなことを思わせる濃密な撮影現場だった。感謝申し上げる。

本著にあたっては書肆侃侃房の田島安江さまにご尽力いただいた。迷いのないお力添えであった。またブックデザインの藤本康一さまの行き届いた目には何度も助けられた。深い感謝を申し上げたい。

しょう、しー、とふたつの名前の柔らかな満ち引きのなかで、わたしはまどろむ。深く眠ったら、またあたらしく踏み出したいと思う。

二〇一七年二月

野口あや子

■著者略歴

野口 あや子（のぐち・あやこ）

1987年岐阜県生まれ、名古屋市在住。

「未来」短歌会会員。

2006年、「カシスドロップ」にて第49回短歌研究新人賞を受賞。

2009年、第一歌集『くびすじの欠片』（短歌研究社）を刊行。同歌集にて現代歌人協会賞を受賞。

ほか歌集に『夏にふれる』『かなしき玩具譚』（ともに短歌研究社）。詩人・三角みづ紀との共著に『気管支たちとはじめての手紙』（マイナビ・電子書籍）。

作歌ほか他ジャンルとの朗読活動も行っている。

Twitter：@ayako_nog
メールアドレス：ayako_nog@yahoo.co.jp

「現代歌人シリーズ」ホームページ　http://www.shintanka.com/gendai

現代歌人シリーズ17
眠れる海
二〇一七年九月二十日　第一刷発行
二〇二一年一月十八日　第二刷発行

著　者　野口 あや子
発行者　田島 安江
発行所　株式会社 書肆侃侃房（しょしかんかんぼう）
〒八一〇・〇〇四一
福岡市中央区大名二・八・十八・五〇一
TEL：〇九二・七三五・二八〇二
FAX：〇九二・七三五・二七九二
http://www.kankanbou.com　info@kankanbou.com

印刷・製本　アロー印刷株式会社

ISBN978-4-86385-276-1　C0092

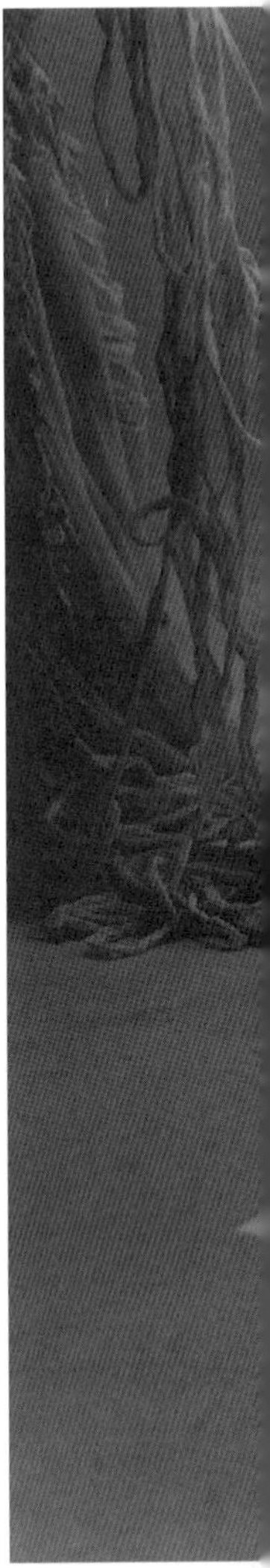

現代歌人シリーズ　四六判変形／並製

1. 海、悲歌、夏の雫など　千葉 聡　144ページ／本体 1,900円+税
2. 耳ふたひら　松村由利子　160ページ／本体 2,000円+税
3. 念力ろまん　笹 公人　176ページ／本体 2,100円+税
4. モーヴ色のあめふる　佐藤弓生　160ページ／本体 2,000円+税
5. ビットとデシベル　フラワーしげる　176ページ／本体 2,100円+税
6. 暮れてゆくバッハ　岡井 隆　176ページ(カラー16ページ)／本体 2,200円+税
7. 光のひび　駒田晶子　144ページ／本体 1,900円+税
8. 昼の夢の終わり　江戸 雪　160ページ／本体 2,000円+税
9. 忘却のための試論 Un essai pour l'oubli　吉田隼人　144ページ／本体 1,900円+税
10. かわいい海とかわいくない海 end.　瀬戸夏子　144ページ／本体 1,900円+税
11. 雨《ふ》る　渡辺松男　176ページ／本体 2,100円+税
12. きみを嫌いな奴はクズだよ　木下龍也　144ページ／本体 1,900円+税
13. 山椒魚が飛んだ日　光森裕樹　144ページ／本体 1,900円+税
14. 世界の終わり／始まり　倉阪鬼一郎　144ページ／本体 1,900円+税
15. 恋人不死身説　谷川電話　144ページ／本体 1,900円+税
16. 白猫倶楽部　紀野 恵　144ページ／本体 2,000円+税
17. 眠れる海　野口あや子　168ページ／本体 2,200円+税
18. 去年マリエンバートで　林 和清　144ページ／本体 1,900円+税
19. ナイトフライト　伊波真人　144ページ／本体 1,900円+税
20. はーはー姫が彼女の王子たちに出逢うまで　雪舟えま　160ページ／本体 2,000円+税
21. Confusion　加藤治郎　144ページ／本体 1,800円+税
22. カミーユ　大森静佳　144ページ／本体 2,000円+税
23. としごのおやこ　今橋 愛　176ページ／本体 2,100円+税
24. 遠くの敵や硝子を　服部真里子　176ページ／本体 2,100円+税
25. 世界樹の素描　吉岡太朗　144ページ／本体 1,900円+税
26. 石蓮花　吉川宏志　144ページ／本体 2,000円+税
27. たやすみなさい　岡野大嗣　144ページ／本体 2,000円+税
28. 禽眼圖　楠誓英　160ページ／本体 2,000円+税
29. リリカル・アンドロイド　荻原裕幸　144ページ／本体 2,000円+税
30. 自由　大口玲子　168ページ／本体 2,400円+税
31. ひかりの針がうたふ　黒瀬珂瀾　144ページ／本体 2,000円+税

以下続刊

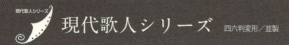